KB232759

사랑은 아주 작은 것으로부터 시작됩니다

사랑은 아주 작은 것으로부터 시작됩니다

예 반 지음 | 정익순 옮김

펴낸이 | 최병섭
펴낸곳 | 이가출판사

초판발행 | 2003년 10월 20일

출판등록 | 1987년 11월 25일(제1-547호)
주   소 | 서울시 마포구 합정동 368-54 (대호빌딩 101호)
대표전화 | 335-3767
팩시밀리 | 335-3768

〈값 6,800원〉

잘못된 책은 바꿔드립니다.

ISBN | 89-7547-066-0 (03840)

사랑은 아주 작은 것으로부터 시작됩니다

예 반 지음 | 정익순 옮김

이가출판사

모든 이에게 살아가는 멋과 진실을 아주 심도 있게, 그리고 강요하지 않는 아주 부드러운 필치로 북미주 사람들의 숭배자가 되어버린 예반(Javan), 그는 철학박사도 아니요 성인이라 칭송받지도 않는 그저 평범한 생활철학자일 뿐입니다.

그런 그에게 우리가 매료되는 것은 그의 모든 글에는 우리가 살아감에 있어 소홀히 다루기 쉬운, 그리고 쉽게 잊을 수밖에 없는 그러한 것들로 이루어져 있기 때문일 것입니다.

하지만 잠시 멈추고 우리가 서있는 곳이 어디이며, 어디로 가고 있는가를 한번 살펴보는 것 또한 모든 살아있는 이들에게 유익하지 않을까 생각합니다.

작지만 소중한 우리들의 인생은 아주 작은 조각들과 아주 작은 기회들로 가득 차 있습니다. 파릇파릇 잔디 위의 평안함과 새들의 지저귐, 실개천의 속삭임, 소리 없이 흘러가는 구름의 그림자, 비온 뒤의 활기차고 싱그러운 대지와 꽃향기, 친절한 행동, 진실한 우정이나 사랑, 그리고 한 줄의 아름다운 시, 이런 모든 것들을 우리는 일상 속에서 흔히 발견할 수 있습니다. 이렇게 작은 것들이 모여서 인생을 보다 가치 있게 만들고 보다 풍요롭게 가꾸는 것입니다.

자, 잠시 갈 길을 멈추고 눈을 감아 봅시다.

거기에는 먼 훗날의 승리자가 되어 손을 번쩍 치켜든 환희에 찬 자신의 모습이 보이지는 않을지라도 따사로운 어머니의 품속이 보일 것이며 태초에 생겨났던 지금보다도 훨씬 더 작았던 자신의 모습이 보일 것입니다. 그리고 거기에는 아주 무변광대한 꿈과 기상이 깃들여 있을 것입니다.

그렇습니다.

자, 이제 그 꿈을 다시 찾으러 함께 떠나시지 않으렵니까?

자신에게 어떠한 특별한 일이 일어나기를

기대하는 이들을 위하여

또한

무언가에 자신의 참모습을 비춰보고 싶은

이들을 위하여

CONTENTS

누구나 저마다의 꿈을 이루려하지만

삶이라고 하는 것은 그리 쉬운 것이 아닙니다

이루지 못한 꿈들과

홀로 지새울 외로운 밤들과

결국 그렇게 되어서는 안 될 것들로

이어지기 마련입니다

만약에 우리의 삶이

누구를 만나게 될지 미리 알 수 있고

누구나 옳다고 생각하는 일들과

오직 따사로운 햇볕만이 가득한

나날로 이루어진다면

우리의 삶은 한결 쉬울 것입니다

그렇습니다

그렇게만 된다면

우리의 삶은 한결 쉬울 터이지만

그러나 그것은 결코

진정한 삶이라 할 수 없겠지요. 

이제 당신을 잃어 홀로 된 내게

속임을 당한 느낌이냐고

누군가가 묻는다면

그것은 참으로 우스운 일입니다

왜냐하면 그것은

내가 당신을 소유하였을 때에만

나는 당신을 잃을 수 있으니까요

그러나 당신은 누구나 처럼

삶의 여정을 밟아 나가는 하나의 인격체입니다

비록 잠시나마 당신과 함께

삶의 여정을 나눌 수 있었던 것만으로도

만족합니다

내게는 커다란 행운이었습니다

단 한 번도 당신과 함께 하지 못한 사람들이

그렇게도 많은데

어떻게 내가 당신을 잃었다고

속임을 당한 느낌이 들겠습니까.

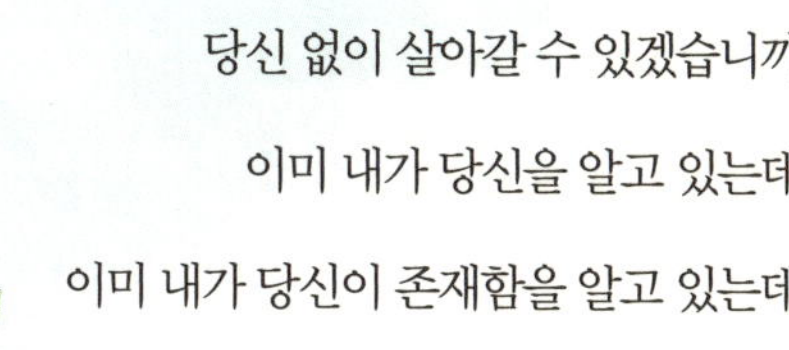

어떻게 내가

당신 없이 살아갈 수 있겠습니까

이미 내가 당신을 알고 있는데

이미 내가 당신이 존재함을 알고 있는데

어떻게 내가 잠들 수 있겠습니까

당신의 미소를 보지 않고서

내가 이미 당신의 미소를 보았는데

어떻게 내가 전과 같을 수 있겠습니까

당신의 따스한 눈길에 이제 내가 변해 버렸는데

당신 향한 애타는 목마름으로

내 마음 산산이 부서졌는데

어떻게 내가 당신 없이 다시 온전해질 수 있겠습니까.

많은 사람들 가운데서 누군가가

우리가 걸어가는 길을

가로질러 스치듯 지나갑니다

그리고 내게 던진 그의

단 한 번의 시선으로

묘한 감정이 시작되어

가슴 깊은 곳에서 조금씩 커져 갑니다

그리고 소망합니다

더 늦기 전에

이 세상을 멈출만한

신비롭고 비밀스런 주문을 외워

단 한 순간만이라도 그와 함께 지내고

서로의 감정을 알릴 수 있게 되기를

그러나 세상은 너무 빨리 돌아가고

각자 제 갈 길을 따라

바삐 돌아서서 갑니다

그리고

잠시나마 신비로웠던 그 묘한 감정은

알 수 없는 슬픔으로 다가옵니다

우리는 그 슬픔을 애써

어색한 미소로 덮어 버리고

다시금 잊기 위해 노력합니다.

그대를 내게 데려다 준 것이

그저 바람에 날리 듯한 우연인지

아니면 운명인지는 알 수 없지만

그게 정말로 그렇게 중요한 것이라고

생각지는 않습니다

왜냐하면

그대를 마음으로

그리고 가슴으로

안을 수 있는 행운을 갖게 되었으니까요

비록 마음속으로만

이루어진 것이라 할지라도

만약 세월의 거센 바람이 불어와

그대를 내게서 빼앗아 간다 할지라도

나는 걱정하지 않습니다

결코 내 가슴속의 그대를

데려갈 수는 없으니까요. 

당신은 내 인생 속으로 살며시 들어왔습니다

미리 알리지도 않고

초대하지도 않았는데

하지만

내가 원하지 않았던 것은 아닙니다

당신은 내가

부드러운 손길과 다정한 미소로

누군가와 함께 있기를

절실히 필요로 할 때에

내게로 다가왔습니다

당신은 넓은 이해심을 가지고 다가왔습니다

내게 아무 것도 묻지 않았으니까요

당신의 진실한 사랑은

나의 상처들을 치유했고

다시 건강해지도록 보살펴 주었습니다

그런 다음 당신은 그저 조용히 지켜보았습니다

내가 세상과 마주할 수 있을 때까지

그리고

그 지혜로움으로 당신은

내가 자유로워지고자 하는 것을 깨달았습니다

그리하여 당신은

아무런 구속의 끈도 묶지 않고

나를 놓아주었습니다

내가 어디에 있든

당신이 어디에 있든

이제 나는 당신에 대해 생각합니다

그리고 깊은 마음으로 되뇔 것입니다

고마워요, 정말.

한 순간의 아름다운 추억과

부드러운 미소를 지녔던 당신을 잊었느냐고

묻혀버린 시간을 다시 들추어

잠깐 생각해보다

미소를 지으면서 대답했지요

아니오, 아니라고

그래요

분명 나는 잊지 않았습니다

우리가 함께 했던 그 세월을

어떻게 잊을 수가 있겠습니까

당신이 내게 주고

내가 당신에게 주었던

그 시간들

세상일이 모두 그러하듯

나에게는 아주 좋은 때도 있었고

또 그렇지 않은 때도 있었습니다

그렇지만

당신과의 시간을 완전히 잊어버린다는 것은

아마도

내 인생에 커다란 구멍을 만들어 넣을 것입니다

그래서 나는 당신이란 사람을

극복했다고 말할 때조차도

오히려 당신을 잊지 않는 쪽을

선택할 수 있는 거랍니다.

이루어짐 보다는 더 많은 좌절을 겪게 됩니다

부디 저에게 능력을 주십시오

다른 사람들을 충분히 이해할 수 있는 능력을

다른 사람들에게

단순한 타인이 아닌

그 이상의 존재가 될 수 있는 능력을

내게 주어진 모든 일을

성실히 이루어낼 수 있는 능력을

그리고

삶을 살아가는 동안에

만나는 모든 사람들을

따뜻하게 대할 수 있는 능력을

저에게 허락하소서.

당신은 내 인생에서

잠시나마

내가 참으로 그 누군가의 무엇이 된 듯한

느낌을 갖게 해주었습니다. 

아주 많은 말들이 있습니다

그러나 당신 앞에서는

아무 말도 필요하지 않습니다

당신의 눈을 바라볼 때는

아무런 말도 필요하지 않기 때문입니다

당신에게서 느껴지는 따스한

눈길과 미소가 하나의 언어입니다

당신의 손을 살며시 잡을 때

내 안에 일어나는 그 오묘한 감정을

어찌 한 마디 말로 설명할 수 있겠는지요

나의 감정을 설명할 수 있는 말은

아무 것도 없습니다

그래서 나는 당신에게

내 마음을 열어 놓습니다

당신이 내 꿈과 추억사이로

걸어 들어올 수 있도록

그 때 오직 그 때에만

당신은 나의 침묵을 이해할 수 있을 것입니다.

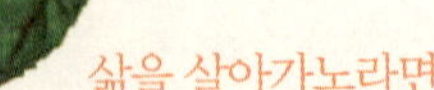

웃음과 행복보다는

오히려

외로움과 절망을 더 많이 보게 됩니다

그렇지만 아주 특별한 그 누군가와 함께

인생을 퍽 가치 있게 가꾸어나가는

그런 아름다운 모습들도

우리는 자주 보게 됩니다.

 우리의 삶에는

고독과 외로움이 있습니다

혼자 있는 걸 느끼지 못하면서 혼자 있는 것을

우리는 고독이라고 합니다

그러나 외로움은

혼자 있는 걸 느끼면서 혼자 있는 것입니다.

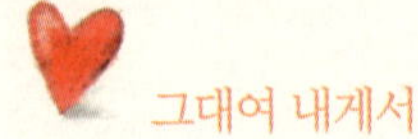 그대여 내게서

사랑합니다 라는 말을 듣기를

기대하지 마십시오

당신이 내 눈에서

사랑의 말을 읽어내지 못한다면

혹은 내 손길에서

 그 말을 느끼지 못한다면

당신은 내 입술에서 그 말을

듣게 될 리는 결코 없을 테니까요.

 밤을 멀리 쫓아내는 눈부신 아침 햇살에

나는 마음을 모두 빼앗겼었습니다

시인의 아름다운 사랑의 노래에

나는 마음을 모두 빼앗겼었습니다

또 그것을 이슬이라고 하던가요

그 아침 안개에도

나는 마음을 모두 빼앗겼었습니다

하지만

그대에게 온 마음을 빼앗겨버린 지금

그 모든 것들이 전보다 훨씬 더

아름답게 느껴지는 것은

무슨 이유일까요.

삶은

커다란 조각그림 맞추기에

비유할 수 있습니다

작은 조각그림 하나 하나마다

각기 제게 맞는 자리가

정해져 있듯이

모든 사람들에게도 모두

제 자리가 따로 정해져 있습니다

그런데 사람들이

그 어딘가에 속하고 싶은 갈망 때문에

눈에 띄는 대로

아무 곳에나 자리를 잡고는

그 자리에

자신을 맞추려고 안간힘을 씁니다

그러다 보니

그들의 삶은

서로 이가 맞지 않는 조각으로

가득 차게 되어

결국 참된 삶의 모습에는

영원히 다다르지 못하고 맙니다. 

우리는 모두가

나름대로의 능력과 여러 가지 꿈을 가지고

이 세상에 왔습니다

우리는 각기 그 능력을 찾아내고 이용하면서

자신의 꿈을 이루어 나갑니다

그것을 우리는

인생의 도전이라고 하지요

사람들은 저마다

아주 다른 여건 속에서

이 일을 해내지 않으면 안 됩니다

우리에게 주어진 능력은

이 세상 사람의 수효만큼이나 다양하지만

그래도 우리가 끊임없이 갈망하는 그 꿈은

누구나 다 똑같습니다

그 꿈은

우리에게 가장 큰 기쁨이 될 수도 있지만

가장 큰 괴로움이 될 수도 있습니다

우리가 갈망하는 그 꿈은

바로 그 누군가와 더불어

삶을 함께 나누려고 하는 바로 그것입니다.

그렇지만 누군가와의 특별한 만남이 있기에

누군가 우리의 삶에서 떠나갈 때

우리가 느껴야 하는 아픔은

누군가가 우리의 삶 속으로 다가올 때

우리에게 안겨준 기쁨만큼이나 크게

우리에게 다가옵니다.

우리는 누군가에게

어떤 가능성이 되어줄 수 있습니다

외로운 밤을

잊게 해줄 수도 있고

오랫동안 꿈꾸어 오던

소망을 이루게 하여

행복의 순간을 느낄 수 있는

그런 가능성이 되어줄 수 있습니다

그러나 또한

우리는 누군가에게

무엇이 잘못되었는지 몰라

방황하게 되는

길고 긴 어둠과 괴로움을 안겨줄

그런 가능성이 될 수도 있습니다.

인생이라는 이 게임에

나는 그리 능숙하지 못합니다

우는 아이만 보아도 가슴이 아프고

죄 없는 동물들이 왜 죽어야 하는지

그 이유를 모릅니다

나는 아직 허리 굽혀 인사해야 하는

유명 인사를 만난 적도 없으며

또 내가 함부로 밟고 올라서도 좋을 만큼

미천한 사람도 만나지 못했습니다

그리고 나는 이유도 없이

규칙만 고집하는

윗사람에게 아첨할 줄도 모릅니다

또한 나 자신만의 이익을 위해서

다른 사람의 감정을 교묘히 부추겼다가는

필요가 없어지면 슬그머니 저버리는 법도

배우지 못했습니다

인생이라는 이 게임에

나는 그리 능숙하지 못합니다

하지만 모든 일이 제대로만 이루어져

세상이 올바로 돌아간다면

앞으로 더 능숙해질 필요가 없겠지요. 

그것은

탄생하는 순간에 시작되어

죽음이라 불리는 순간까지 계속됩니다

그것이 바로 삶입니다

어느 것이 먼저 오든지

누구에게 먼저 시작되건 상관없이

육십 년 혹은 육십 마일을

보장한다는 내용의

보증서가 첨부되지 않습니다

그리고

어떠한 방법으로

어떻게 살아가야 하는지

사용지시서도 첨부되지 않습니다

그렇습니다

우리가 받은 것은

삶 그 자체입니다

그리고

삶을 살아가는 것은

바로 우리 자신에게 달려있는 문제입니다. 

제대로 된 사람을 만나는 것도 중요하지만

제대로 된 사람을

제때에 만난다는 것은 더욱 중요합니다. 

밤새 그랬던 것보다

아침 일찍 일어난 새가

당신을 채 가지고 날아가 버릴까 걱정됩니다

우리의 웃음소리는

메아리도 없이 사라져 버리고

단지 우리가 오늘 나눈 사랑의 기억만을

간직하게 될까 걱정입니다.

언젠가 나는

좀처럼 보기 드문 것을 보았습니다

낯선 사람들과는

서로 말조차 건네지 않고

하늘마저도

그들의 만남을 허락치 않는

참으로 을씨년스러운 세상인데

느린 음악이 연주되는

어느 무도회장에서

낯선 두 사람이 함께 하게 되었습니다

그들은 아무런 의심도 없이

아무런 거짓도 없이 만났습니다

그리고

느린 음악이 흐르는 동안에

그들은 서로 안고 싶고

안기고 싶다는

인간의 가장 꾸밈없는 갈망을

그대로 드러내었습니다

그래서 나는

이제 이런 확신을 가지게 되었습니다

세상은

조금은 더 느린 음악을

연주할 줄도 알아야 한다고. 

그대는

지난 밤 내게로 와서

잃어버린 사랑을 이야기했습니다

내 어깨에 머리를 묻고

그 아픔을 어떻게

이겨내야 할지 물었습니다

나는 그대의 눈물을 닦아주며

말해 주었습니다

내일이면 다시

새로운 누군가가 나타날 거라고

그러자 그대는 마음이 가라앉아

내 뺨에 입을 맞추고는

그대의 세계로 돌아갔습니다

또다시

혼자가 되었습니다

텅 빈 아파트를 둘러봅니다

연인들을 바라보며

외로이 홀로 걷던 공원을

혼자 뿐이었던 아침식사를

그리고 혼자 보던 영화를

머리에 떠올립니다

TV가이드로 손을 뻗으며

나는 얼굴을 타고 흐르는

눈물 한 줄기를 느낍니다

그렇습니다

어떤 사람은 기대어 울 어깨라도 있지만

어떤 사람에게는

홀로 울 수밖에 없는

그런 것이 운명인가 봅니다.

Post

다시 무엇인가를 기대할 수 있습니다

세상 사람들은 모두가

사랑 만들기에 열심입니다

그러기에 우리들의 사랑 만들기는

짧은 동안에

사랑이 무엇인지를 가르쳐 줍니다. 

정말로 꼭 바뀌어야 할 것은

자신들의 삶에 대한 태도이건만

많은 사람들이

자신에게 주어진 삶 자체가

바뀌어지기를 원합니다. 

우리는 인간이기에

때로는 실수를 저지르기도 합니다

하지 말아야 할 말을 하기도 하고

해서는 안 될 일을 하기도 합니다

그러한 일들은 나에게도 커다란 괴로움이 되지만

안타깝게도 다른 사람에게까지

괴로움을 안겨주기도 합니다

하지만 그럴 때에

하늘의 신에게 용서를 구하고

이웃들에게 이해를 받기까지의

충분한 괴로움을 겪고 나면

그제서야 비로소

인간으로서의 참된 삶을 다시 살아갈 수 있는

힘을 얻게 될 것입니다.

나는 이 여행이

끝나기를 바라지 않습니다

그렇다고 해서

다시 시작되기를

바라지도 않습니다

삶이란

본래 그런 것

더없이 아름다운 날들이

함께 하기도 하지만

아무리 아름다운 날이라 하여도

언젠가는

황혼 속으로 사라지기 마련이니까요. 

당신으로 하여금

또다시 상처를 받을지라도

다시 한번 다가서렵니다

아니 그렇게 하겠습니다

만일 당신에게

내가 필요하다면

그 모습 그대로 되고 싶습니다

하느님 깨닫게 해 주십시오

그리고 알게 해 주십시오

그래서 다시 한 번

예전보다는 조금 더

조심스럽게 다가서려 합니다.

나 당신에게

아무 것도 청하지 않겠습니다

당신이 줄 수 없는 것들을

나 당신에게

아무 것도 청하지 않겠습니다

내게 정말로

필요한 것 외에는

그리고

나 당신에게

아무 것도 받지 않겠습니다

당신에게 받은 만큼

되돌려 줄 수 없다면. 

나는 오늘 거리에서

당신을 스쳐 지나갔습니다

당신은 나를 바라보고

나에게 미소를 보냈습니다

당신과 내가 만나던

그 순간이 내 마음속에 새겨지고

그 모습을 오래 간직하기 위한

시간만이 존재해서

그 날 하루는

빠르게 지나갔습니다

그렇지만

나만의 공간으로 돌아오고

어두운 밤의 외로움에 잠길 때면

나는 내 마음속에 저 끝 갈피에서

당신을 찾아낼 것입니다

그러면 당신은

밖으로 나와

나를 발견하게 될 것입니다

그때 나는

낯선 당신의 품에 안길 것입니다

그리하여 나는 이렇게 소망하겠지요

이 사람이 바로

나의 특별한 그 누군가이고

어딘가에서

나를 꿈꾸고 있을 그 누군가가

바로 당신일 것이라고. 

어차피 우리 삶에 괴로움이 존재해야 한다면

그 괴로움이 모두 내것이 되게 하십시오

내가 다른 사람들의 마음에 상처를 주고

겪어야 하는 괴로움보다는

차라리 사람들이

내게 입힌 상처로 겪는 괴로움이

훨씬 견디기가 쉬울 테니까요.

아주 많은 사람들은

안녕하세요 라는 말을

두려워합니다

왜냐하면

그 말은 너무나 자주

이젠 그만 안녕 이라는 말로

끝나버리고 말기 때문입니다. 

당신은 당신만의 세계 사람이고

나는 나만의 세계 사람입니다

두 세계는

모든 것이 서로 다릅니다

그러나 당신과 내가

몹시도 원하기에

우리는 하나가 될 수 있습니다. 

누군가 소중한 사람이

내 곁을 떠나간다면

그 괴로운 시간을

나 자신을 탓하며

나는 살 수 있습니다

하지만

아무 이유도 모르는 채로

그 소중한 누군가를 잃게 된다면

내게 남는 그 갑절의 괴로움 때문에

나는 한 순간도

견뎌낼 수 없을 것입니다.

우리는 서로에게 그 무엇이 되기 위하여

때로 우리는 그 누군가에게 팔을 뻗어

무언가를 베풀려고 합니다

전혀 그것을 바라지도 않거나

그 가치를 깨닫지도 못하는

그 누군가에게 말입니다

그래서 우리의 호의는

너무나 자주 받아들여지지 않고

그 거절로 인해서 우리는 괴로워하게 됩니다

하지만 정말 가슴 아픈 일은

정작 우리가 누군가에게

무언가를 베풀어주기를 절실히 바라고

또 그 베풂의 가치를 깨닫고 있는 그 누군가가

우리 앞에 나타났을 때에 일어납니다

그렇지만 우리는

거절을 당하였을 때의 그 괴로운 기억이

아직도 마음속에 생생하게 남아있어

더 이상 그에게

선뜻 손을 내밀지 못하게 됩니다.

내가 당신께 말을 건네는 데는

찰나가 걸렸고

당신이 내게 미소짓는 데는

순간이 걸렸습니다

나의 작은 일부는

당신과 함께 떠나고

당신의 작은 한 조각은

나와 함께 남아 있을 것입니다.

사랑에 대해 생각하고

사랑에 대해 이야기하고

또 사랑을 꿈꾸는 것은

정말 쉬운 일입니다

그렇지만 사랑을 깨닫기란

누군가를 사랑하고 있는 그 순간에도

그리 쉬운 일이 아닙니다.

나는 이런 이야기를 자주 듣곤 합니다

특히 다른 사람들과의 관계를

편안하고 자연스러운 모습으로

가꾸어 나가려고 몹시 애쓰는

그런 사람들로부터 말입니다

그들은 내게 곧잘 이렇게 말합니다

저 밖에 저렇게 많은 사람들 중에서

당신이 원하는 누군가를

틀림없이 만날 수 있을 거예요 라고

하지만

그저 막연하게 누군가를

만나기를 원하는 것이 아니라

바로 나의 그 사람을

꼭 만나기를 바라는 데에

나의 어려움이 있습니다.

내가 당신에게 말하는 이유는

내가 내 마음의 뜻을 알고 있기 때문입니다

하지만 내가 이렇듯 머뭇거리며 말하는 이유는

내가 당신의 생각을 알지 못하기 때문입니다

내가 하는 이 말들은

내 인생의 체험에서 나오고

당신의 이해력은

당신 삶의 체험에서 나옵니다

그렇기 때문에

내가 하는 말과 당신의 생각이

같지 않을 수도 있습니다

그러므로 내 입술로 전하는 나의 말을

당신의 귀가 아닌 마음으로

주의 깊게 듣고 이해하려 한다면

아마도 우리는 어떻게든

서로의 마음을 전할 수 있을 것입니다.

우리가 지금 어디에 있건

그것은 중요한 문제가 아닙니다

무엇보다 중요한 것은

· 지금 누구와 함께인지가 더욱 중요합니다. 

창문을 타고 떨어지는 빗방울 소리에

아침 일찍 눈을 떴습니다

아침을 맞으려고 커튼을 젖힙니다

창문에 하얗게 안개가 덮고 있었습니다

무심코 나는

당신의 이름을 써봅니다

이제 오늘을 위한 준비를 해야 힐 시간입니다

무슨 이유인지 나도 모르게

집을 나서기 전에

다시 침실로 돌아왔습니다

유리창에 써 있을

당신의 이름을 바라봅니다

하지만 이미 그 이름은 물이 되어

사라지고 없었습니다.

이 세상에 머무릅니다

그것을 두고 흔히 인생이라고 합니다

사는 동안 우리는

웃음을

그리고 눈물도 배웁니다

새로움을 접하는

가슴 뛰는 행복한 순간도 맛보고

사랑하는 사람과 헤어지는

슬픈 순간도 맛봅니다

그러나 우리의 인생은

너무나 짧은 순간

우리는 그 순간 순간을 잡으려고

애쓰며 삽니다.

남남이라고 하는 것은

삶의 여정에서 단 한 번도 마주친 적도 없고

단 한 번도 같은 시간을 나누어 본 적도 없는

그런 사이입니다

하지만

단 한 번이라도 마주쳤다거나

함께 시간을 나눈 적이 있다면

그늘은 더 이상 남남일 수는 없습니다. 

하나의 길을 가지고 약속합니다

우리는 하얀 빈 도화지로

이 세상에 왔습니다

그래서 유리의 골목을 지나가는 사람들은

누구나 붓을 들고 빈 도화지위에

자신의 자국을 그려 놓습니다

그래서 우리는 채워집니다

그렇지만 우리는 알고 있어야 합니다

우리 자신의 붓을 들고

그 그림을 마저 채워 그려야 하는 날이

꼭 올 거라는 사실을 말입니다

형편없는 그림인지

아니면 걸작인지를 정하는 일은

바로 우리의 몫입니다.

내 삶의 시간들은

세상일과 연관지어 생각해보면

정말 아무런 의미가 없습니다

하지만 내 인생에서

그대와 함께 보냈던 그 순간들은

비록 아주 짧지만

의미가 없었던 순간은

결코 단 한 번도 없었습니다.

어디선가 들려오는 애기 소리

그리고 당신 이름이 들립니다

누군가가 내게

당신을 알고 있는지 묻습니다

당신을 껴안고 함께 웃고

당신이 흘리던 눈물의 의미를 읽어 내던

그 지나가 버린 시간들을 생각해 봅니다

그렇지만 이제 당신은

내 곁을 떠나고 없습니다

내게 묻는 사람들을 바라보며 말합니다

예전에 그와 그랬던 적이 있었습니다. 

진정 누군가를 잘 알 수 있는 것은

솔직한 바로 그 순간뿐입니다

거짓에 찬 삶이라면

그 누군가와

한평생을 살더라도

결코 그 누군가를 

잘 알 수가 없습니다. 

그대가 그립다고는 하지 않겠습니다

그렇지만 그대 이름을 부르면

그대는 언제나 내 곁에 있습니다. 

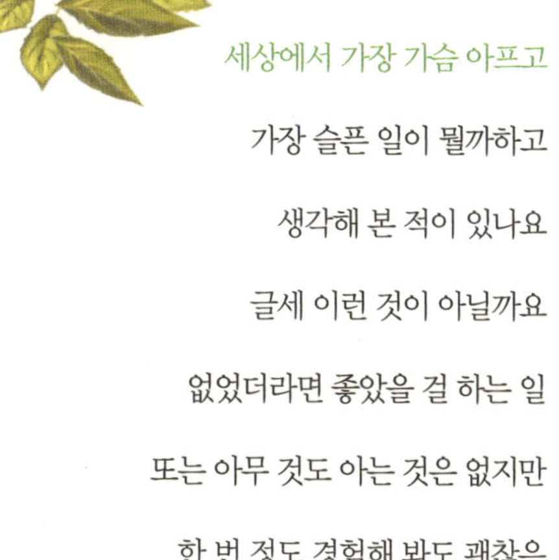

세상에서 가장 가슴 아프고

가장 슬픈 일이 뭘까하고

생각해 본 적이 있나요

글세 이런 것이 아닐까요

없었더라면 좋았을 걸 하는 일

또는 아무 것도 아는 것은 없지만

한 번 정도 경험해 봐도 괜찮은

그런 일이 아닐까요.

만약 그대가 같이 뛰어가자고 하는 데도

내 발걸음이 주춤거리고 있다면

그대여 제발 이해해 주십시오

내가 전에 넘어진 적이 있었다는 것을

그대가 물 속으로 뛰어들면서

내게 빨리 따라 들어오라고 재촉하는 데도

내가 멈칫거리고 있다면

그대여 제발 이해해 주십시오

내가 전에 물에 빠진 적이 있었다는 것을

그대의 뜨거운 정열로 내게 손짓할 때

내가 그저 그대를 바라만 보고 있다면

그대여 제발 이해해 주십시오

내가 전에…

부디 그대여

이해해 주시기만을 바랄 뿐입니다.

우리들은 모두 그 누군가와

우리의 삶을 나누기 위해서 이 세상에 왔습니다

그리고 사는 동안

우리는 이 목적을 이루기 위해

늘 고민하고

또 때로는

고통스러워하기도 합니다

그것은 하나가 다가가서는

이루어질 수 없고

둘이서 서로

중간쯤에서 만나려고 노력해야만

이루어지는 것이어서 그렇습니다

당신께 내게 오도록 부탁하지는 않겠습니다

그것이

중간쯤에서 나와 만나는

하나뿐인 방법이라도 믿입니다.

나는 당신을 알고 있습니다

아니 당신을 아주 많이 알고 있습니다

하지만 당신을 만난 적은 없습니다

배가 고플 때는 음식이

보호받고 싶을 때는 집이 필요하듯이

늘 건강하기 위해서는

내게 당신이 필요합니다

그리고 당신에게는 특히

누군가가 필요하다는 사실도 알고 있습니다

그러나 내가 그 누구라고 말 할 수는 없지만

나는 또한 그 누구이기도 합니다

그리고 만약 당신이 되돌아가기 위해 돌아선다면

우리는 영영 알 수 없었다는 것을

그제야 느낄 것입니다.

나는 모든 사람에게

그 무엇이 되기를 바라지 않습니다

단지 그 누군가에게

ㄱ 무엇이 되고 싶을 뿐입니다.

기쁨에 찬 그들은 몹시 행복해하지만

운명은

우리의 삶에

누가 들어올 것인지를 결정합니다

그러나 우리의 삶에

누가 들어와 머물 것인지는

우리가 결정합니다. 

내가 만약에 그 누군가로부터

온 세상의 보물이 가득 담겨있는

선물을 받는다 하더라도

그대와 함께 보냈던 그 몇 시간의 추억이

나에게는 더 소중한 보물입니다.

꼭 그렇게 헤어져야만 한다면

정말 좋은 시간이었습니다

그리고

하느님의 은총을 빕니다 라고

아름답게 인사합시다

그렇게 하면

우리가 함께 했던 소중한 시간도

상처를 입지 않고

소중히 간직되고

또 언젠가 다시 만날 날이 오더라도

그 날을 위해

문을 활짝 열어 둔 채 가는 셈이니까요.

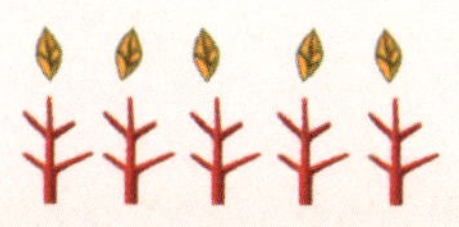

아직 우리가

받아들일 준비가 되어 있지 않은데도

우리에게 무엇인가를 자꾸 주려고 합니다. 

때때로

다른 두 개의 삶의 여정이

우연히 만나

서로 포개어져서 마치

하나인 듯이 보이기도 합니다

그리고 그런 모습으로

꽤 오랫동안 함께 길을 가겠지요

그러나 운명은

너무나 자주

그들을 갈라놓곤 합니다

하나인 듯 보이는 그 둘을

각기 정해진

나름대로의 길을 가게 하려고. 

내가 정말 당신께 다가설 수 없다면

그것은 다가서지 못하는

그 만큼의 용기와

그 만큼의 노력밖에 하지 못했기 때문입니다.

사랑은

우리 삶에 주어진

하나의 기회입니다

나 자신을 내어주고

다른 사람을 받아들이는 기회입니다

그리고 둘이서

똑같은 하나가 되기 위한

두 사람 모두에게 주어진 기회입니다

우리 삶에 주어진

모든 기회가 다 그렇듯이

우리는 그것을 알지 못합니다

사랑의 기회가 언제 오는지를

그래서 우리는

준비하고 있어야 합니다

사랑이 우리에게 다가올

그 때를 위해서.

내가 당신을 원할 때

그곳에 당신은 없었습니다

그리고 몇 번인가

당신이 그 곳에 있었을 때는

내가 당신을 원하지 않았습니다

내가 당신을 원했을 때는

아마도

어둠의 그림자가 드리웠나 봅니다

그리고 그곳에 당신은 있었겠지요.

어떤 사람들은

사랑합니다 라고 말하는 것을

무척이나 어렵게 생각합니다

그렇지만 또 어떤 사람들은

그 말을 너무도 쉽게 사용합니다

때로는 너무 쉽게.

가끔은

낯선 사람이 나타나

우리의 마음속으로 들어옵니다

그러면 마음속의 소용돌이치던

야릇한 감정들이

이곳 저곳에서 비집고 나와

우리의 마음을

휘저어 놓기 시작합니다

그러나 그것은

그 낯선 사람 때문이라기보다는

그가 우리의 삶에

어떤 변화를 줄지도 모른다는

기대감 때문입니다

그것이 우리를 애타게 만들고

미뭇거리게 만들지만

그러나 가장 나쁜 것은

우리를 아주 상처받기 쉽게 만든다는 것입니다.

그 길을 함께 갈 수 없다는 것을 알게 됩니다

당신이 내게 남겨 준 것은

오로지 고통뿐이라고

어떤 사람은 말합니다

하지만 나는 다시 말합니다

당신은 내게 기쁨만을 준 사람이라고

내가 가장 고통스러운 것은

당신이 내게 준 그 기쁨을

잃었기 때문이라고.

너무나 많은 사람들이

내 가슴의 문을 세게 닫아 버렸습니다

내 마음의 문이

열리지 않을 거라고 생각했지만

당신은 그 두려움의 문으로

내 삶 속에 들어왔습니다

그러니 내게 머무는 동안 편히 지내십시오

그러다가 떠나고 싶으시면

문을 살짝 닫고 떠나십시오.

나는 압니다

내가 당신과 함께 있기에

좀더 자주 미소를 짓고

쉽게 화내지도 않으며

또 하늘의 태양이 더욱 찬란하게 빛나고

나의 삶이 더욱 달콤하다는 것을

그것은

당신과 함께라는 것이

나를 아주 다른 세계로

바로 사랑의 세계로

데려다 주어서라는 것을

나는 압니다.

하루하루가 지나갈 때마다

우리는 그러해야 할

마땅한 그 어떤 모습에

한 걸음씩 더 가까이

다가가 있어야 할 것입니다.

당신을

내 두 팔로

감싸 안을 수 있겠지요

그래서

그 동안의 내 헛된 꿈들을

가슴 두근거리는

하룻밤의 추억과

바꿀 수 있는 날이 오겠지요

그러면 그 순간

세상의 차가움은

당신의 따스한 체온에

산산이 부서져 버리겠지요.

우리는 누군가에게

주는 것만 마음대로 할 수 있습니다

그래요

주는 것만큼 받아들이도록

그 누군가를 움직일 수는 없습니다. 

나는 당신을 알지 못했지만

그러나 당신은

내게 미소를 지었습니다

그리고 당신의 미소로부터

따스함이

내 마음 깊은 곳으로

스며들어 왔습니다

나는 할 수 있는 말들을

아무 것도 몰랐지만

그러나 지금 생각해보면

당신은 이해했습니다

그리하여

그 차갑고 외로운 날에

당신은

사람들이 내게 줄 수 있는 것보다

더 큰 것을 내게 주었습니다.

시간은

삶의 본질입니다

사람들 관계에 있어서는

더욱 그러합니다

어떤 사람과

많은 시간을 같이 보냈느냐에 따라서

그 삶에 대한 느낌은 점점

확신으로 다가옵니다

부모님이거나

선생님이거나

친구이거나

그것은 누구에게나 그렇습니다

그러니 제발 나를

타인으로 생각하지 말아 주십시오

단지 당신과

시간을 같이 나누어 본 적이 없는

그 누군가로 생각하여 주십시오. 

모든 사람이 다른 사람에게

베푸는 방법을 아는 것은 아닙니다

그렇지만 또한

모든 사람이

받아들이는 방법을 아는 것도 아닙니다. 

함께 할 수 있는

그런 시간이 주어졌더라면

당신은 나에게

아주 친숙함을 느꼈을 것입니다

당신의 친구와

사랑하는 사람들에게서 느끼는

그런 것처럼 말입니다.

슬픔으로 몇 날을 보내고 나서야

우리 사회에서는

쉽지 않은 일입니다

너무나 많은 사람들이

내면의 사랑을 하기보다는

육체적인 사랑에 빠져들기 때문입니다

만일

당신이 누군가를 사랑한다면

내면의 사랑을 하십시오

육체의 사랑은

당연한 것처럼

아주 자연스럽게 이루어질 것입니다.

서로가 편안할 수 있으려면

서로가

서로를 아주 잘 알 수 있는

편안한 관계이어야 합니다.

나는 배웠습니다

인생은

평범한 우리들이 지닌 것보다

많은 것을 요구한다는 것을

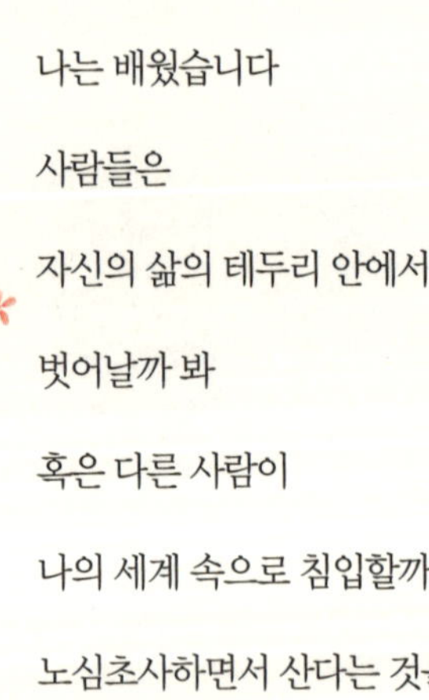

나는 배웠습니다

사람들은

자신의 삶의 테두리 안에서

벗어날까 봐

혹은 다른 사람이

나의 세계 속으로 침입할까 봐

노심초사하면서 산다는 것을

그리고 나는 배웠습니다

많은 수의 사람들이

인생을 마감할 때면

다르게 산 삶을 동경한다는 것을. 

베풀려고 하는 것보다

더 많은 것을

다른 사람에게 기대할 수는 없습니다.

당신을 처음으로

어루만지고 껴안았습니다

하지만 아무런 느낌이 없었습니다

나는 당신의 이름을 알고 있습니다

하지만 당신에 대해서 알지는 못합니다

만약 당신이 내 곁을 떠난다면

나는 슬퍼할 것입니다

세상의 모든 일이 그렇듯이. 

인생 길에

그 누군가가 주는

사랑의 위안을

내가 결코 찾지 못한다면

신이여 차라리

삶의 아름다움을

만끽할 수 있도록 해 주십시오

누군가와 사랑함이

부족하다는 이유로

내가 영원히 모자라는 사람으로

남지 않게 해 주십시오.

세상은

우리에게 타고난 능력보다

더 낮게 되기를

기대하지 않습니다

그렇지만

타고난 만큼은

모두 보여 주기를 기대합니다. 

내가 혹시 당신 앞에서

머뭇거리며 말하더라도

내 마음이 다른 곳에 있다고 생각하지 마십시오

정말로 관심 있는 사람 앞에서는

말이 쉽게 나오지 않는답니다.

나 자신이 아닌

다른 그 누군가를 위한 말만을 하려고 애쓰며

단어 하나 하나를 열 번도 더 되뇌어 봅니다

하지만 거절당할지 모른다는 두려움이

마음속에 혼란을 가져오고

그것 때문에

원하지 않는 침묵을 갖게 됩니다

그럴 때면 기도를 드립니다

그대가 내 침묵의 소리를 듣고

나를 이해할 수 있도록 도와달라고. 

사랑은

두 사람의 가슴속에

함께 할 때만 아름답습니다

그렇지만

서로 사랑을 줄 때에 행복한 것이지

한 사람만 주고

또 한 사람은 받기만 한다면

그 사랑은 비극입니다.

다른 사람들의 말을

주의 깊게

언제나 귀기울여 들으십시오

아주 깊은 진실은

농담의 옷을 살짝 걸치고 나타나는 일이

아주 흔하게 있으니까요. 

Post

그들은 서로 다른 두 개의 길을 나란히 걷습니다

그대와 내가 함께 했던 그 날 이후로

많은 날들이 지나갔습니다

그 날들은 정말이지 우리의 날이었습니다

우리는 그 때 많은 것들을 나누었습니다

웃음

대화

그리고 침묵

그대는 내게

웃을 수 있는 이유를 만들어 주었고

내일에 대한 희망을 가져다주었습니다

이제 그대가 떠나가

지금은 슬픔에 싸여 있지만

당신이 내 삶 속에

머물렀었다는 사실 하나만으로

나는 기뻐할 수 있습니다.

누군가

당신의 이야기를 들어줄 사람이 필요하다면

또 당신의 머리를 기댈

포근한 어깨가 필요하다면

그곳에 기꺼이 내가 있겠습니다

그리고

당신 혼자만의 시간이

혼자만의 공간이 필요하다면

나 당신으로부터

조용히 물러나 드리겠습니다

하지만 당신은 아셔야 합니다

당신에게 정말로 필요한 것이 무엇인지를

내가 알려면

당신의 도움이 또한 필요하다는 것을.

발자국들

모래밭 위의 흔적 같은

네 발자국

그리고 밀려오는 파도

솜사탕 같은 구름 뒤에

숨어 있는 달

소원을 이루어주는

큰 별 하나

나란히 앉아 있는

두 사람이 남긴

모래밭에 움푹 패인 흔적들

긴 침묵

그리고 짧은 대화

바다 끝에서 불어오는

서늘한 바람

멀리 반짝이는 불빛들

수평선을 가로질러

깨어나듯 솟아오르는 태양

발자국들

내일은 다시

찾아올 수 없는 것처럼

모래밭을 달리는

네 개의 발자국

그리고 웃음

가슴 깊은 곳엔

어떤 행복의 느낌이 다가옵니다

삶을 살며

주며

함께 나누며

내일

그리고 모래밭 위의 발자국

찾아 헤매며

추억을 더듬으며.

무엇인지도 잘 모르는 채

우리는 때때로 무언가를 껴안습니다

무엇인지도 잘 모르면서

우리는 때때로 무언가를 받습니다

별로 고마운 줄도 모르면서

그렇지만 지나쳐 버리고 나면

그 가치를 깨닫고 소중함을 느낍니다.

두 가지 생각이 있습니다

낯선 사람과는 절대 말하지 말자

낯선 사람은 이제서야 만난 나의 친구이다

어느 쪽이 더 아름다운 생각입니까

우리는 어떤 말을 더 자주 들어왔나요

우리가 마주쳤을 때

나는 그 순간에

존재하지 않는 듯 행동하였습니다

당신은 나의 존재도 알아차리지 못한 채

그저 쳐다보기만 했으니까요

하지만 나는 어렵게 깨달았습니다

그동안 나를 향한 수많은 시선들을

모른 척하며 살아왔다는 사실을.

때때로 내가

왜 당신을 사랑하는지

모를 때가 있습니다

사랑은 오로지 주는 것이지

받으려고 하는 것이 아니라지만

당신의 부드러운 미소와 말 한마디는

나의 사랑이 무럭무럭 자라날 거라는

소망을 가꾸는 데에 넉넉한 힘이 됩니다

그리고

나의 사랑이 다 자라는 날

내가 느낄 만족감을 나는 잘 알고 있습니다

그렇지만 지금은

의문을 갖게 됩니다

시작이 없는 사랑의 끝이

정말 있을 수 있는 것인지.

원하는 그 모습 그대로 되고 싶습니다

힘껏 팔을 뻗어 봅니다

나에게 삶을 부여해 준

세상을 향해

나에게 꿈을 불어넣어 준

세상을 향해

그리고 기도합니다

나의 삶을

마음껏 일구어나가며

나의 꿈을

마음껏 펼쳐 나갈 수 있는

그런 용기를 갖게 해달라고.

놀랍고 흥미로운 것들로

가득한 세상에서

우리가 할 수 있는 일들은

너무도 많습니다

그런데 수많은 사람들이

삶을 누리며 살아가기보다는

그토록 많은 것을 내버려 둔 채

그저 존재하는 것만으로도

만족해한다는 것은

정말이지 부끄러운 일입니다. 

나를 이해하려고 한다면

그 이해는

모두 오해일 수밖에 없습니다

우리는 다른 인생을 살아왔듯이

느낌도 다르고

당신을 미소짓게 만드는 것이

내게는 오히려

눈물이 되기도 하기 때문입니다

내가 말하고 행동하는 것이

당신에게는 낯설지만

그러한 방법을 받아들인다면

그저 받아들임으로써

이해도 하게 된다는 사실을

배우게 될 것입니다.

규칙도 모르면서 아주 즉흥적인 게임을 즐기는

나는 그런 사람입니다

거기가 어디인지도 모르면서

그저 아무 곳에나 가서 잠시 머물렀다 떠나버리는

그런 사람들을 만납니다

그리고는 그들이 떠남으로 남겨진 흔적 속에서

나는 그 동안 인정하기 싫었던

홀로된 외로움을 다시금 깨닫게 됩니다.

우리가 언제나

기억해 두어야 할 것이 있습니다

그 어느 누구도 자기 자신이

다른 사람에게 있어서

그저 단순한

타인일 거라고 생각하지 않는다는 사실을.

나는 사람들 사이를 헤치고 가서

그에게 손을 내밀었습니다

그는 조금도 망설이지 않고

내게로 다가왔습니다

그저 단순히 미소만을 나누는

그런 타인으로서가 아니었습니다

그는 내 손에 자기 손을 맡기고

내 어깨에 머리를 얹고

내 몸에 바싹 기대어왔습니다

느린 음악이 계속 흐르는 동안

가슴속의 진한 외로움 때문에

그의 몸이 떨리는 것을 나는 느낄 수 있었습니다

우리는

한 마디의 말도 하지 않았습니다

정말 아무 말도 할 필요가 없었습니다

마침내 음악이 멈추고

그는 그의 세계로 돌아가고

나도 나의 세계로 돌아왔습니다

여러 해가 지난 지금에 와서도

나는 이따금 눈을 감고

그와 함께 나누었던

짧은 순간을

다시 기억해내곤 합니다.

낯선 사람들 사이에

잠시라도 침묵이 흐르면

그들은 이내 불안해합니다

그것은 저마다

상대방이 무슨 생각을 하고 있을까 하는

두려움 때문입니다. 

당신 이웃의 삶을

따스하게 어루만져 주십시오

사람의 마음은

도예가의 손길에 따라

모양이 이렇게도 저렇게도 빚어지는

물레 위의 진흙처럼

여리고 부드러우니

이웃은 오로지

당신이 대하기 나름입니다.

당신의 마음의 눈으로만

나를 이해하려고 한다면

그 이해는

모두 오해일 수밖에 없습니다